AF619504

LETTRES

Servant de réponſe

*aux Lettres Philoſophiques de M. de V***.*

QUand on annonce l'arrivée de quelque monſtre, le public y court avec empreſſement. On aime à voir une fois ces ſpectacles ſinguliers, quelques effroyables qu'ils puiſſent être : plus ils le ſont, plus la curioſité eſt ſatisfaite ; on s'en retourne avec une eſpece d'horreur, mais on ſeroit fâché de n'avoir pas vû par ſoi-même, & de s'en rapporter aux relations. J'en excepte un petit nombre de perſonnes délicates, qui craignent l'aſpect de tout ce qui n'eſt pas dans l'ordre ordinaire de la nature.

Ce qui arrive à l'occaſion des monſtres, vient d'arriver au ſujet des Lettres Philoſophiques du Sieur de V... L'eſprit a ſes monſtres, comme la matiere; preſque tout le monde a voulu voir ces Lettres. Il faut en diſtinguer les perſonnes tendres pour la Verité, & qui craindroient de la prophaner par la lecture de pareils ouvrages. Pour vous, Monſieur, que la force du génie met au-deſſus de toute mauvaiſe impreſſion, vous n'avez point redouté de les lire; trouvez bon que je vous adreſſe les réponſes que j'ai crû devoir y faire.

Réponse aux quatre Lettres sur les Quakers.

QU'un Philosophe poëte a d'avantage sur un simple Philosophe raisonnable. Le premier se dédommage par des portraits, de l'absence de la Verité, tandis que le second la cherche scrupuleusement, & ne veut rien trouver sur son chemin, qui puisse lui faire la moindre diversion. Voyez le tableau que nous fait V... du Quaker qu'il a bien voulu honorer de sa visite; c'est un Chrétien sans baptême, qui vaut infiniment mieux que tous les Baptisés de l'epece de V... Il pousse la bonne foi jusqu'à lui dire qu'il est d'une secte dont il ne connoît pas assez les principes pour satisfaire sa curiosité; & il le renvoye au

Livre de *Robert Barclay*. Quelques-uns s'imagineront peut-être, que cette ignorance affectée dont V... veut bien gratifier ſon Quaker, n'eſt qu'un artifice pour engager les lecteurs à s'endoctriner dans le livre de Barclay. Il craint que cette foule d'autorités dont il auroit pû accabler le Quaker, mais que ſa grande prudence ne lui a pas fait hazarder contre un illuminé, n'eût laiſſé dans l'eſprit, quelques préſomptions favorables à la neceſſité du Baptême : pour parer le coup, il inſinuë la lecture d'un livre qu'il croit capable de multiplier le Quakerianiſme : voilà ce qui s'appelle de la fineſſe de génie. Du reſte le Quaker eſt un homme admirable pour la ſimplicité de ſes mœurs ; point de réverence, point de compliment, point de ſubordination exteextérieure, point de guerre offensive, ni défensive ; le Prince, le Magistrat, le Peuple, ne sont differenciés par aucun signe apparent ; c'est une uniformité charmante : voilà la nature, voilà le sublime de la raison ! Les Monarchies, les Republiques, ne sont que des chimeres informes, & follement conçuës. La Pensilvanie est le modelle des Etats, & *Pen* est le plus grand des Legislateurs. Hé bien, Monsieur, ne sentez-vous pas une impatience extrême d'être du nombre des Quakers ? Etes-vous sage, de ne pas aller en Pensilvanie ? Qui peut vous arrêter ? Est-ce que vous n'en croyez pas V... sur sa parole ? Je gage que quelque scrupule vous retient ; &, vous voudriez, du moins, avoir M. de V... pour précurseur : en ce cas, vous ris-

 quez

quez de n'être pas si-tôt heureux. Je connois ce Philosophe, il admettroit volontiers, pour lui, une partie du Quakerianisme ; il se déferoit facilement de toutes ces gesticulations, que nous appellons faussement politesse ; & il aimeroit assez la posture de se tenir droit, le chapeau sur la tête, devant tous les Monarques de la Terre ; mais il souffriroit avec peine la critique de ses Ouvrages ; & ce grand Docteur de Legalité, trouveroit bientôt cette Doctrine héretique, s'il devoit en être l'objet passif : il préferera donc toujours les divers endroits de l'Europe où sa sagesse le transportera, à toutes les douceurs de la Pensilvanie. En Mathematicien du premier ordre, il a calculé avec tant de justesse les revenus de son orgüeil, avec la necessité de rendre

dre certains hommages, qu'il a jugé qu'il y gagnoit encore beaucoup. Voilà ce que c'eſt, Monſieur, que de ſçavoir ſon Newthon par cœur ; ce grand homme a calculé toutes les nuances des couleurs, & V... a calculé tous les degrés & les retours de l'amour propre, à perte & à profit, d'où il a conclu qu'il vaut encore mieux pour lui, faire la réverence avec nous, ſauf à en retrancher le plus qu'il lui ſera poſſible, que d'aller dans un Pays où tout paroît ſur une ligne droite.

Ne croyez donc pas, Monſieur, que ſon deſſein ſoit de nous rendre tous Quakers, il en ſeroit bien fâché. Que veut-il donc ? Diminuer dans notre eſptit le reſpect que nous devons aux Rangs & aux Dignités, afin de nous rendre moins étrange la maniere dont il prétend en uſer ; & comme il veut établir une eſpece de Monarchie intellectuelle, il ſe flatte d'obtenir dans celle-là les titres qu'il conçoit bien qu'il n'obtiendra pas dans les autres. Voilà un Alexandre d'une eſpece pacifique ; la conquête qu'il médite, ne coûtera la vie à perſonne ; le retranchement des réverences, & de tout ſigne d'hommage exterieur lui ſuffit ; il faudroit être de bien mauvaiſe humeur, pour ne pas le couronner à ce prix : mais il en coûte à l'amour propre pour reconnoître la ſuperiorité des eſprits, un coup de chapeau me gehêne infiniment moins. Le Philoſophe V... n'arrache que l'écorce, il ne détruit point le ſentiment interieur ; il falloit que les Penſilvains fuſſent d'une nature particuliere, puiſqu'ils n'ont pas éprouvé les mêmes paſſions des autres hommes : avoir ſon chapeau ſur la tête, ou le tenir ſous ſon bras ; être droit ou courbé, ce n'eſt qu'une ſuperficie qui ne doit point être l'objet d'un Philoſophe. Concluons donc, Monſieur, que V... dans ſes Lettres ſur les Quakers, ne peut tout au plus paſſer que pour le Philoſophe des geſtes ; que ſon Roman de la Penſilvanie n'eſt qu'une relation artificieuſe, comparable à l'Iſle de Borneo ; que le Quakerianiſme eſt oppoſé aux premiers principes de la raiſon dans ſa morale, & à toute l'évidence de l'Evangile dans ſes dogmes impies. Comme je ſçai, Monſieur, que vous avez preſente à l'eſprit cette foule d'autorités dont V... n'a pas jugé à propos de faire uſage, je

ſuis

ſuis certain que vous ne ſerez pas ſi diſcret : par conſequent vous n'avez pas beſoin de ma petite érudition ſur cet Article fondamental de la Religion. Je ſuis, &c.

Réponſe ſur la cinquiéme Lettre.

QUE penſez-vous, Monſieur, de ce debut, en parlant de l'Angleterre; c'eſt ici, dit le Philoſophe, le pays des Sectes. Un Anglois, comme homme libre, va au Ciel par le chemin qui lui plaît; cependant, àjoûte V.... leur véritable Religion eſt celle où l'on fait fortune, & c'eſt la plus nombreuſe. L'apologiſte de la liberté Anglicanne, deshonore par un ſeul trait, les Anglois & leur liberté. Qu'eſt-ce qu'une liberté qui ne reſiſte point à l'interêt, dans une choſe

chose aussi serieuse que la Religion ? Sera-t'elle plus ferme dans les affaires politiques ? Il n'y a pas lieu de le presumer, toutes les fois que l'interêt parlera assez fort ; & pour peu qu'on presse le Philosophe V. il se trouvera que le pays le moins libre est celui où la liberté est le plus exposée à être venduë ; celui qui trafique son Salut, avec tant de facilité, ne seroit pas consequent d'être plus difficile sur le reste. Je ne croirai jamais que les Anglois fassent choix d'une Religion, par le seul motif de conserver leur liberté, à moins qu'on ne me prouve que la Religion n'est chez eux qu'une Idole qu'on peut adorer ou détruire selon son caprice, sans crainte qu'elle puisse se venger ou recompenser : Ce qui me rassûre pour cette Nation, c'est la verité

verité. Je penſe que les Anglois ſont, comme les autres Peuples, un aſſemblage de differens caracteres, qui ſont comme autant de nuances du caractere dominant. Ils partagent avec tous les hommes, le deſir d'être heureux ; ils ſont expoſés comme eux aux inquiétudes de l'avenir ; ils ſe ſervent un peu trop de leur prétenduë raiſon, où il faudroit plus de reſpect pour l'autorité : De-là, cette grande diverſité d'opinions. Ils ont comme nous, des ſages, des politiques, des vertueux & des libertins ; rien n'eſt moins libre que le choix d'une Religion ; l'interêt, le préjugé, l'éducation, la crainte, & la force de la verité en ſont ordinairement les principes. Tous attaquent la liberté, hors le dernier : ſouvent l'erreur a le même avantage par notre

notre faute; le cœur âgit de bonne foy d'après les illusions de l'esprit; d'où il arrive que de fort honnêtes gens sont trompés. Il ne m'apartient pas de faire le controversiste, mais j'ai crû devoir aux Anglois cette satisfaction : Ils usent de leur liberté dans les choses de son ressort; & dans les choses sacrées, ils en sçavent faire un sacrifice raisonnable. Je n'ai jamais été chez eux; mais je suis persuadé qu'en les voyant de près, on peut en rapporter de plus excellentes choses que n'a fait jusqu'ici leur Apologiste françois. Je suis, &c.

Réponse sur la sixiéme Lettre.

VOus voudriez, sans doute, sçavoir, Monsieur, ce qui peut meriter le nom de Philosophique

ſophique à la ſixiéme Lettre ; les Portrais reſpectifs des Epiſcopaux & des Presbyteriens, une deſcription triviale de la bourſe de Londres,en font toute la matiere. Nous devons croire que V... eſt à l'égard de la Philoſophie, ce que Midas ſouhaitta d'être à l'égard de l'or ; tout ce qu'il traite devient philoſophique : Admirez l'origine de la ſanctification du Dimanche, & la maniere dont elle ſe pratique dans les trois Royaumes ; rendez juſtice à la fecondité de ſon enjoüement ; tout devient agréable dès qu'il le touche ; les matieres les plus graves, & les plus ſaintes ſont aſſujetties au ton de plaiſanterie qu'il a choiſi ; ſa morale n'a pas beſoin du ſecours des preceptes pour être connuë : ſon ſtile nous apprend ce qu'il affecte d'être, en attendant qu'un nouveau

nouveau danger nous apprenne encore ce qu'il eſt. Je vous aſſûre que dans ces momens, il réüniroit volontiers ſur lui ſeul ce qu'il attribuë à ces honnêtes commerçans ; c'eſt-à-dire, qu'il ſe feroit tout à la fois, Juif, Chretien & Mahometan, & qu'on verroit ſur ſon lit le prodigieux aſſemblage de la Croix, du Chaplet, des Amulettes, de l'Eau-benite & du Turban, encore ne ſeroit-il pas tranquille. Je ſuis, Monſieur, &c,

Réponſe ſur la ſeptiéme Lettre.

VOici, Monſieur, l'Oraiſon Funebre du grand Newthon, de la façon de V... Cet illuſtre, ce Philoſophe par excellence, faiſoit à l'erreur l'honneur de la favoriſer ; car on ne peut pas s'exprimer de la ſorte te à l'égard de la verité. J'entre dans la peine de V... C'eſt une choſe bien extraordinaire que M. le Clerc & ſes Adherans, n'ayent pas encore détruit le Myſtere de la Trinité; n'allez pas croire que cela vienne de l'inſuffiſance de ces ſublimes Philoſophes, ils en ſçavent bien plus qu'il ne faut. Quelle Religion peut tenir contre leurs plumes? C'eſt qu'ils ſont venus au monde mal-à-pros, & on eſt las de toutes ces diſputes; l'eſprit d'indifference a pris le deſſus: Voilà ce qui conſerve ce grand Myſtere. On ne ſe ſent pas d'humeur à groſſir le petit troupeau de ces Meſſieurs: C'eſt dommage, toute eſperance n'eſt cependant pas perduë. Cette Secte peut devenir plus nombreuſe, alors on la verra tenir ſon coin, & vous ne doutez pas que V... ne ſe ſe range du côté des meilleures plumes du tems : Il y a plus de gloire de leur côté, que de celui de Saint Athanaſe; ſi cependant du côté des Trinitaires, il ſe trouvoit quelque équivalent avec l'Archevêché de Cantorbery, V. . . eſt trop honnête homme pour ne pas ſuivre alors le conſeil qu'il donne au Docteur Clarc : Autre tems, autre Religion ! Je ſuis, Monſieur, &c.

Réponſe ſur la huitiéme Lettre.

VOus ne vous ſeriez peut-être jamais attendu, Monſieur, que l'Apologie de la mort de Charles I. eût été l'ouvrage d'un François; V... veut bien vous cauſer cette ſurpriſe : Ce regicide lui paroît juſte, parce que Charles a été le plus foible.

Concevez toute l'étenduë de ce principe : Il compare ensuite les assassinats d'Henry III. & d'Henry IV. & l'empoisonnement d'Henry VII. Empereur, avec le supplice du Roy d'Angleterre ; & par une espece d'entousiasme, il nous exhorte à peser ces attentats, & à juger. Jugeons donc, puisqu'il le faut. Les Assassinats d'Henry III. & d'Henry IV. avec l'empoisonnement d'Henry VII. sont des œuvres de tenebres & d'horreur chez les Peuples où ces scenes tragiques se sont passées ; le gros de la Nation y a eu si peu de part, que ces funestes intrigues sont encore un problême dans l'Histoire, & les Scelerats ont été punis. La mort de Charles I. est un de ces malheurs d'Estat où tout un Peuple contribuë dans les premiers mouvemens de

sa

ſa fureur, qui ne lui permettent pas d'uſer de ſa raiſon. C'eſt le crime de toute une Nation, dont le boureau n'a été que l'inſtrument, & l'uſurpateur a regné. L'Aſſaſſinat annonce une faction particuliere, & par ſa nature il eſt toûjours en abomination; mais le procès de ſon Roy eſt un prodige revétu de toutes les formalités apparentes de la Juſtice; c'eſt un meurtre qu'on a eu laudace de canoniſer : Voilà la honte d'un Eſtat.

Vous n'exigez pas de moy, Monſieur, que j'aille témerairement examiner ce que la forme du Gouvernement d'Angleterre a de ſolide, ou de foible; la politique humaine eſt toûjours defectueuſe par quelques endroits. Les paſſions des Rois & des Sujets ſont difficiles à concilier. La nature des Gouvernemens, ne peut non plus être uniforme que les caracteres. Tel Peuple qui subsiste depuis long-tems sous la Monarchie, ne seroit pas propre à la Republique; l'habitude, les mœurs, l'esprit, les sentimens & la Religion contribuënt à former des Sujets d'un pouvoir nécessaire aux societés; quand on est parvenu à reconnoître des Loix fondamentales, il est dangereux de s'en vouloir écarter; si cependant vous êtes curieux de sçavoir mon opinion je vous la dirai de cœur & d'esprit.

La Monarchie est de tous les Gouvernemens celui qui s'accorde le mieux avec la raison; il est inutile de se former des idées riantes & poëtiques du Siécle d'Or; il faut revenir au vrai. Les passions des hommes leur ont rendu l'usage de leur liberté

berté dangereux : ils ont appris par leur propre interêt, la necessité de se choisir des Maîtres; chacun a mis en commun une portion de ce qu'il avoit de plus cher pour conserver le reste; celui qui en est dépositaire doit avoir un pouvoir égal & suffisant pour écarter ce qui peut troubler le bon ordre : ce pouvoir une fois accordé ne peut être limité par aucune partie de la Nation; il est inutile de rechercher si tous les Sujets réunis ont le pouvoir de le faire : la Religion chez nous, a décidé cette question; & l'histoire nous apprend que de pareilles circonstances sont ordinairement la chute des Etats; un Prince sage ne s'y trouve jamais, & des Peuples fideles ne les font jamais naître. L'obéissance aux Loix, la confiance dans le Souverain, font le devoir des

des Sujets. La justice, la bonté, & quelquefois la clemence, font le caractere des Rois. Je croi qu'il en est du pouvoir, comme de la liberté; on fait tout pour l'obtenir, & lorsqu'on la possede, on n'en fait presque point d'usage; un pouvoir resserré fait effort pour s'étendre, & peut devenir tyrannie; on s'y oppose; voilà la source des guerres civiles: un pouvoir plus étendu se repose, il est presque toujours plus redoutable aux Ennemis qu'aux Sujets. Qu'on lise l'Histoire sans partialité, on trouvera que le principe le plus ordinaire des desordres, & des revolutions, vient du partage d'une puissance qui n'en peut souffrir sans exciter la jalousie des émules. Supposons, par exemple, que la puissance d'un Etat soit de dix dégrés, & que par sa constitution, le Monarque ne soit dépositaire que de cinq, que la Noblesse en ait deux, & le Peuple trois: je dis qu'il est moralement impossible qu'il n'y ait pas toujours une des portion de ce pouvoir en souffrance. Tantôt un Politique audacieux trouvera le secret de réünir les Grands & le Peuple. Après bien du sang répandu, voilà le Monarque, ou les Grands & le Peuple opprimés. Quelque fois le Monarque vaincra la fierté des Grands par ses faveurs; voilà le peuple en fureur. D'autres circonstances réüniront le peuple & le Roi, la Noblesse est dans les fers. Entre des Rivaux d'égale force, toute l'attention se porte à diminuer l'égalité; entre des Rivaux de pouvoir inégal, elle consiste à diminuer, autant qu'on le peut, cette

fâcheuse

fàcheuse inégalite; c'est un mouvement perpetuel, dont les simples spectateurs sont toujours les victimes; & ces puissances divisées d'un même Estat, mesurant souvent leurs forces l'une contre l'autre, insensiblement elles se détruisent; & par des saignées frequentes, ce pays devient necessairement le theatre des plus affreuses revolutions. Il est faux de dire que le dépositaire des cinq degrés n'a qu'à demeurer dans ses limites, la plus haute prudence n'est pas une barriere suffisante; le peuple en voudra quatre, ou la Noblesse trois; il faudra que le Monarque intervienne avec ses cinq dégrés, & par le parti qu'il est obligé de prendre, la chimerique balance s'évanouit.

Il n'en est pas ainsi quand tout le pouvoir est réuni dans un seul, la Hierarchie politique n'en

subsiste

ſubſiſte pas moins ; & le peuple obéït ſans répugnance aux mêmes Loix qui aſſujettiſſent les Grands dont il ne craint point la tyrannie ; tout concourt à fortifier cette puiſſance de l'Eſtat, chacun ſe dépoüille avec plaiſir d'une partie de ſon être, pour ainſi dire, pour en former une eſpece de Soleil, dont les raïons en ſuite fortifient & éclairent toute la Nation. Chacun dans ſa ſphere retire toûjours plus qu'il n'a mis ſi l'on veut calculer de bonne foi. Une nation ſoutenuë d'une pareille forme de Gouvernement, doit être inexpugnable; il faut pour l'ébranler, la réünion de preſque toutes les autres ; or cette réünion arrive difficilement quand le Conſeil du Monarque eſt intelligent ; il faut donc regarder comme de vaines & temeraires déclamations tout ce que certains Auteurs débitent au ſujet de la liberté & de l'eſclavage ; ce ſont de grands mots que l'art oratoire fera toujours valoir auprès des eſprits ſuperficiels ou de mauvaiſe humeur, mais dont les ſages connoîtront toujours le prix avec la préciſion convenable ; la liberté avec toute ſon étenduë, eſt une belle idée dont les hommes ne peuvent joüir raiſonnablement. Les fers ſont durs à porter, mais heureuſement, c'eſt une expreſſion poëtique qu'on emploïe ordinairement en amour, comme en politique, & dont on ne doit pas être plus effraïé dans ce pays, que les amans le ſont à Cithere. Je ſuis, Monſieur, &c.

Réponse sur la onziéme Lettre.

BLâmerez - vous encore, Monsieur, l'insertion de la petite Verole, & votre Morale scrupuleuse pourroit-elle vous faire balancer ? Vous n'avez qu'un fils unique, & vous l'exposez cruellement à mourir d'un mal que vous n'osez lui donner. Le Philosophe V... est votre caution. Courage, Monsieur, une legere incision, avec un grain de petite Verole bien conditionnée, voilà tous les frais de de ce grand préservatif contre la mort & la difformité. Je conviens que votre enfant se porte à merveille, qu'il sera peut-être de ce nombre qui ne reçoit jamais les atteintes de ce mal; que quand même il seroit exexposé à cette maladie, il a pour lui quatre-vingt-dix contre dix qu'il n'en mourra pas, n'importe, l'esprit de décision seul peut vous préserver du danger que vous craignez; jamais personne n'est mort de la petite Verole par incision, & qui l'a euë par cette voye, ne peut plus l'avoir. Ne demandez ici ni Phisique, ni raisonnement, c'est V..... qui parle, & vous connoissez sa franchise; quand on vous apporteroit une liste des morts par l'inoculation, tirée du sein des Familles imprudentes de l'Angleterre, gardez-vous bien d'y ajoûter foi, ces pauvres inoculés ne sont morts, que parce qu'ils ne pouvoient plus vivre, ils avoient dans eux d'autres principes de mort. Je sens que vous m'allez faire une objection: ou les autres maladies de ces enfans étoient connuës, ou elles

elles ne se sont développées que par l'insertion ; si elles étoient connuës, pourquoi accabler ces enfans d'un nouveau mal ? Si elles ne l'étoient pas, pourquoi occasionner de si funestes développemens ? Qu'importe, encore une fois, Monsieur ? Tous ces raisonnemens sont une foiblesse. Mais, me repliquerez-vous, car vous êtes difficile à persuader, on veut que j'en use avec mon fils, comme la prudence me défend d'en user avec mon argent ; le calcul du Philosophe même est pour moi ; il assûre que la cinquiéme partie des hommes meurt de la petite Verole, ou en est défigurée ; la Nature seule en garantit donc quatre-vingt du nombre de cent, & quand il seroit aussi vrai qu'il est faux, qu'on ne meurt point de la petite Verole par insertion, je ne vois pas que de l'avoir de cette façon, ſoit une ſauvegarde contre les autres. Le choix de ce bouton bien conditionné, m'embarraſſe; trouvez donc bon que je ſuſpende, juſqu'à ce que le Philoſophe V... en ait fait une analyſe aſſez juſte, pour qu'on ne puiſſe plus s'y tromper. Je le crois auſſi habile Phiſicien que grand Hiſtorien, quel préjugé pour ſes découvertes! Je finis par une courte réfléxion. La Nature calcule par ſentimens; ſi les Anglois ont pû l'aſſujettir à une eſpece de Geometrie, tous les caracteres n'en ſont pas capables. Le naturel des François ſe révolte au ſyſtême de l'inſertion; nous nous ſoumettons aux decrets de la Providence, & nous attendons ſans murmurer, ce qu'il lui plaît d'ordonner de la deſtinée de ceux qu'elle qu'elle a bien voulu nous donner. Si j'écrivois à M. de V... je me garderois de lui parler ce langage, je connois trop le respect qu'on doit à un Philosophe de son espece, & je n'exposerois pas imprudemment une morale si commune à la critique de cet esprit fort. Je suis, Monsieur, &c.

Reponse sur la douziéme Lettre.

IL faut renvoyer la lettre sur le Chancelier Bacon aux éloges des Hommes illustres dont elle a été extraite, il n'y a qu'un seul raisonnement, encore est-il défectueux : il faut, Monsieur, que je vous en fasse l'analyse, il servira à vous prouver ce que je vous ai avancé sur les projets de V... au sujet de l'empire intellectuel ; le grand homme par excellence, au goût de notre Philosophe, c'est Newthon : loin d'ici ces Politiques & ces Legislateurs qui n'ont reçû du Ciel que le don mediocre d'établir & de conserver les societés. Ces genies du second ordre n'ont calculé que les passions humaines, & la maniere de les temperer pour nous rendre heureux ; mais le grand Newthon a calculé toutes les nuances des couleurs, il a retabli le vuide dans la nature, il a demontré l'attraction, & renversé l'impulsion. Voilà le veritable Heros ; voilà le genre d'heroïsme que V... a choisi. Jugez, Monsieur, s'il n'est pas digne d'être son successeur ? Cependant ce celebre Newthon n'a rien inventé, Bacon a été le précurseur de son grand systême: qu'importe, ce genre de chicane est bon contre Descartes ; mais

mais le genie de Newthon en demontre la foiblesse. Je suis, Monsieur, &c.

Réponse sur la treizième Lettre.

REposez-vous, Monsieur; toutes vos recherches, toutes vos réflexions, tous vos argumens sont inutiles en faveur de la spiritualité de notre ame, le grand Patriarche des materialistes a décidé que *nous ne serons peut-être jamais capables de connoître si un Estre purement materiel pense ou non*, & son fidele Disciple va plus loin, il ose décider ce que M. Lokh s'est contenté de mettre dans le doute; écoutons ce grand Philosophe: Il est indifferent, dit-il, à la Religion, que l'ame soit materielle ou non, pourvû qu'elle soit immortelle; mais ce qu'il suppose in-

indifferent à la Religion ne l'eſt pas à ma raiſon; il ne m'eſt point neceſſaire de connoître toutes les combinaiſons de la matiere, pour ſçavoir que la penſée ne peut jamais être de ſon reſſort; c'eſt vouloir donner à l'eſprit une origine plus obſcure que n'étoient dans l'ancienne Ecole toutes les formes ſubſtantielles; c'eſt la plus abſurde des prétentions; toute la puiſſance de la matiere ne peut produire la plus legere des penſées, imaginez tant de combinaiſons qu'il vous plaira, l'infiniment petite ſera toûjours en rapport dégalité avec celles que vous connoiſſez: compoſez-en toutes les attitudes imaginables, c'eſt toûjours du mouvement & differens aſpects de parties, rien de plus; l'eſſence du principe eſt connu, l'eſpece des effets l'eſt auſſi,

aussi, quoique tous les effets ne le soient pas ; je ne connois pas le dernier nombre, mais je sçai qu'il ne peut être qu'une unité ajoûtée à d'autres unités ; & voilà ce qui trompe ces grands Philosophes : c'est dans l'obscurité impénétrable des combinaisons impossibles, qu'ils veulent trouver la création des pensées ; & le subtil Philosophe V... qui nous reproche que parce que nous ne sçavons rien du tout, nous assurons que la matiere ne sçauroit penser, tire son principal argument en faveur du pouvoir de la matiere, de l'aveu même de son ignorance : il croit être reconcilié, ou ne se soucie pas de l'être avec ceux qu'il a scandalisé, quand il dit, *le bien commun de tous les Hommes demande qu'on croye l'ame immortelle, & la foi nous l'ordonne, cela suffit.*

suffit. Puisque ces deux verités lui sont échapées ; n'est-il pas permis de s'en servir contre lui & d'argumenter de la sorte ? S'il est du bien de tous les Hommes que l'ame soit immortelle, celui qui tâche d'en diminuer les preuves doit être regardé comme le perturbateur du repos public. Il est des veritez de foi qui n'en sont pas moins du tribunal de la raison ; l'existence de Dieu & l'immortalité de l'ame, sont de ce nombre : la foi a fixé l'incertitude de nos opinions dans les mysteres superieurs à notre raison ; mais dans les autres, elle nous a laissé la liberté d'en faire usage, pourvû que ce soit dans l'analogie de la revelation. Appliquons ce principe par rapport à l'immortalité de l'ame ; il est certain sur la parole de l'Auteur de toute verité, que l'ame est

eſt immortelle, c'eſt le principe fondamental de la Religion; ma raiſon m'apprend que tout ce qui eſt matiere eſt ſujet à diſſolution; par conſéquent puiſque mon ame eſt immortelle, elle doit être d'une nature exempte d'un pareil accident. Quelle eſt cette autre ſubſtance? Je ne la connois que par ſes effets; or ſes effets ſont ſi differens de tous ceux que je connois être renfermés dans la matiere, que je ne puis raiſonnablement lui en faire l'attribution. J'ai donc deux puiſſans motifs de credibilité en faveur de la ſubſtance ſpirituelle, ajoûtons, ſi la penſée pouvoit être le produit de quelque configuration de la matiere, je demande en ce cas, ſi cette configuration ſeroit toûjours la même, où ſi elle ſeroit ſujette au changement: ſi elle eſt toûjours
la

la même, il ne peut y avoir qu'une pensée; si elle est sujette au changement, je demande si je suis le maître de cette modification de la matiere qui fait que j'ai telle ou telle pensée; si l'on répond que je suis le maître, je demande encore quelle est cette substance qui détermine cette configuration qui me donne ces idées? Est-ce la matiere qui me donne le vouloir avant que de changer de pensée? Cela est impossible dans la supposition; car c'est la même configuration: par conséquent, sans un moteur d'une autre nature, il ne peut rien arriver de nouveau. Si les idées se succedent involontairement par des mouvemens rapides qu'on ne peut ni prévoir ni arrêter, que deviennent alors, la liberté, la morale, & ce qu'on appelle application

cation ſur un objet ? Comment un Poëte ayant conçû de faire une Tragedie pourroit-il compoſer cinq Actes auſquels le Heros principal eût quelque rapport ? N'eſt-il pas le maître de ramener ſouvent cette combinaiſon qui le fait penſer au même ſujet, il eſt donc le maître des modifications internes de la matiere ; le cours des plus ſubtiles parties de cette ſubſtance lui eſt donc aſſujetti : par conſéquent, il faut qu'il y ait dans la matiere, une configuration permanente, malgré l'agitation des parties qui l'environnent, laquelle ſubſiſte ſans alteration, quoiqu'elle éprouve neceſſairement ſolution de continuité ; mais n'eſt-ce pas douter de la Toute-Puiſſance de Dieu, que de n'oſer attribuer à la matiere, la faculté de penſer ? Non,

Mon-

Monſieur, la matiere reſtrainte aux ſeules proprietés qui conſtituënt ſon eſſence, ne peut jamais operer les penſées ; c'eſt Dieu lui-même qui l'a circonſcripte dans ces limites, hors deſquelles elle ne ſeroit plus ce quelle eſt ; & ſans rechercher témerairement juſqu'où s'étend l'infinité du pouvoir de Dieu, il me ſuffit de reconnoître ſa volonté. Que les bêtes penſent ou ne penſent pas, l'objection de V... ne doit point embarraſſer; juſqu'à ſa prétenduë demonſtration, le doute eſt raiſonnable : ſi jamais la preuve eſt complette, je concluërai qu'elles ne ſont pas ſimple matiere ; & comme l'immortalité ne leur eſt point promiſe, j'ai droit de conclure, en attendant, qu'à leur mort, tout principe de ſentiment eſt anéanti ; la revelation n'a rien décidé ſur

ſur leur Etre, j'en puis penſer ce qu'il me plaît dans l'analogie de la foi ſans étonner ma raiſon.

Permettez-moi, Monſieur, d'ajoûter, avant que de finir cette Lettre, que nous devons toûjours rejetter comme faux, tout ſyſtême qui entraîne avec lui des contradictions. S'il étoit poſſible que la matiere pût penſer, la matiere pourroit-être Dieu, ou Dieu pourroit-être matiere par des conſéquences neceſſaires. Je ne m'étendrai pas davantage ſur ces affreuſes concluſions qu'il faut croire favorablement, que le nouveau materialiſte V... ne voudroit pas admettre. Je ſuis, Monſieur, &c.

Réponse sur la quatorziéme Lettre.

MEs reflexions seront courtes, Monsieur, sur les Lettres qui regardent Mrs Descartes & Newthon; il ne seroit pas juste de se donner plus de peine à y répondre que le Philosophe V... n'en a pris à les faire : si j'étois saisi, comme lui, de l'esprit d'universalité, je pourrois, à son exemple, touver des partisans de l'impulsion, qui me donneroient en détail tous les argumens favorables à ce systême, & je vous assure qu'il en résulteroit, comme de toutes les choses de cette espece, une sçavante suspension. Comme je n'ai pas dessein de faire un Livre, je vous sauverai l'ennui de vous parler même clairement de matieres obscures & peut-être assez inu-

inutiles, hors à relever la pré-excellence de Mr Newthon ; il ne tiendra qu'à vous de voir ici comme à Londres, le monde vuide, sans tourbillons, ni matiere subtile ; vous pourrez y voir aussi les gravitations de la Mer vers la Lune : ces differens systêmes sont pour l'esprit ce que les Tableaux changeans sont aux yeux, peut-être qu'une démonstration en pareil cas deviendroit ennuyeuse : j'espere que nous ne la verrons pas si-tôt ; & malgré le chef-d'œuvre de Mr de Newthon, tel homme qui n'est pas encore né, viendra, quelque jour, désiller les yeux de ses admirateurs ; cet autre aura des successeurs qui rendront le même service à leurs contemporains ; ainsi de suite, Descartes & Mallebranche ont regné ; voici le tour de Newthon ; quand sera-ce celui de V..? Il ſemble qu'il nous prépare quelque ouvrage ſingulier ſur la morale. En attendant un nouveau ſyſtême de l'Univers, n'oubliez pas je vous prie un coup des plus fins de ſon pinceau dans les Portraits de Deſcartes & de Newthon. Deſcartes, dit V... eut une fille d'une Maîtreſſe, Newthon n'a jamais eu de foibleſſe; on peut en cela, admirer l'un, mais il ne faut pas blâmer l'autre. Peut-on, Monſieur, par une teinte plus legere, unir le vice & la vertu; qui voudra bien l'examiner, le trouvera plus Philoſophe qu'on ne penſe; dogme & morale s'accordent chez lui. Permettez que je paſſe à la dix-huitiéme Lettre. Je ſuis, Monſieur, &c.

Réponſe

Réponse sur la dix-huitiéme Lettre.

VOus aviez peine à comprendre, Monsieur, qu'un Homme d'esprit comme M. de V... eût abusé de sa raison, au point de manquer grossiérement à la Religion & à la politique : vous regardez ces Lettres comme un monstre de l'imagination, & vous accusez son jugement; il a senti comme vous, ce que vous lui reprochez : pourquoi ne s'est il donc pas contenu? Oh! Voici pourquoi, c'est lui qui parle. Le tems qui seul fait la réputation des Hommes rend à la fin leurs défauts respectables; depuis que ce Philosophe à vû M. de Newthon, il met tout en calcul. Voilà comme il a raisonné : je pourrois sans doute écrire sagement; je suis le maî-

tre de conſerver à chaque matiere le ſtile qui lui eſt propre, je ſçai qu'un Peintre ne doit pas m'exprimer un ſépulchre avec les mêmes couleurs qu'il peindroit l'Aurore, il faut rendre les choſes dans le ton de leur nature, la Religion demande un ſtile noble & ſérieux, la verité rendue ironiquement, fait douter de la foi de celui qui l'annonce; je ſçais tout cela, continue V... Mais en m'y conformant, qu'arrivera-t-il? J'ay remarqué que les Auteurs ſages & diſcrets, n'ont preſque point de réputation, on les eſtime tout au plus pendant leur vie; il faut pour frapper les Hommes d'admiration, de ſublimes extravagances; la portion des eſprits médiocres, crie d'abord, parce quelle n'aime pas qu'on attaque des vérités reſpectables; mais enfin ce cri s'ap-
paiſe,

paiſe, la vie eſt courte ; vous n'êtes un objet de ſcandale que pendant quelques années, la poſterité vous dédommage bien de ce malheur, & les idées les plus bizarres, acquerent au bout de deux cens ans, le droit de paſſer pour ſublimes : un triomphe de cette eſpece, repare bien les petites mortifications que le mauvais goût de nôtre ſiécle peut faire eſſuyer ; & comme V... paroît infiniment perſuadé de l'immortalité de ſon ame, les loüanges pourront l'atteindre par une eſpece de gravitation ou par l'attraction de ſon amour propre, le Philoſophe a donc pris Shakéſpear pour modele : jamais à ſon exemple il n'a rien voulu faire de ſuivi ; ſon imagination ſe fletriroit ſi vous vouliez l'aſſujettir au raiſonnable ; mais on voit dans tous ſes ouvrages de grandes

grandes beautés de détail ; ses prétenduës imperfections , ses négligences , ses disparates , sont des coups de l'art pour donner plus de saillie à ses idées favorites , il ménage son feu pour l'expression de ses dogmes & ne donne à la verité & à la vertu, que les couleurs les plus mornes ; il se retrouve lui-même dans le choix des endroits qu'il prend la peine de traduire ; celui de Shakespear en est une preuve ; aussi ne croyez pas qu'il ait rendu l'Anglois mot pour mot , je lui rends la justice d'être persuadé qu'en pareils sentimens il peut toûjours s'élever à la qualité d'original. Le reste de la Lettre , Monsieur , est une Critique du Théatre Anglois, à laquelle vous souscrirez volontiers. Je suis , Monsieur , &c.

Réponse

Reponse sur la dix-neuviéme Lettre.

ON retrouve par tout le Philosophe V .... son caractere perce à travers tout ce qu'il traite ; il trouve fort étrange que le Chevalier Vambrouch ait été assez sage pour faire une Comedie à la Bastille, sans y mettre aucun trait contre le pays où il avoit essuïé cette violence ; effectivement la qualité de Poëte s'accorde rarement avec la prudence & la retenuë ; & si c'est une cause d'admiration, le Philosophe V ... la doit voir plus grande qu'un autre: il n'a pas voulu nous donner ces sujets de surprise ; il nous a même insensiblement accoûtumés à n'être plus surpris de rien de sa part ; son M. Vicharley peut être un bon comique à l'angloise, mais la nature de ſes intrigues augmente encore mon admiration pour le Myſantrope de notre Moliere. Le prétendu défaut de M. de Congreve eſt fort eſtimable ; tirer vanité d'être bel eſprit, c'eſt de toutes les vanités la plus inſupportable ; ceux qui placent leur orgüeil dans le merite de leurs Ancêtres, me laiſſent la conſolation d'attribuer au haſard de la naiſſance la ſuperiorité qu'ils cherchent à établir ſur moi : mais la ſuffiſance de l'eſprit me bleſſe d'autant plus, qu'elle me fait haïr le merite même qui l'occaſionne : Je veux bien rendre juſtice aux qualités d'un Auteur, mais je veux que ce ſoit un hommage libre qui faſſe honneur à mon diſcernement, & non pas un droit que ſa préſomption veüille m'impoſer. Le titre de Poëte du Roi poſſedé par M.

Sibber

Sibber n'a rien de ridicule ; les mille écus de rente , & les privileges qu'il donne, contribuent en partie à m'en faire juger de la sorte ; mais ce qui me confirme dans cette opinion , ce sont les mouvemens que le Philosophe V ... s'est donné pour la creation de cet emploi dans notre Cour. Enfin , Monsieur , si vous étes curieux de connoître le théatre Anglois; vous sçavez ce qu'il faut faire : apprenez sur-tout la langue aussi-bien que V . . . & vous serez un critique censé. Je suis, Monsieur , &c.

Reponse sur la vingtiéme Lettre.

LE goût des Lettres est sans doute une chose fort estimable ; mais il en est de ce goût, comme de tous les autres : il faut qu'il soit reglé , sans cela le commerce des Muses plus dangereux qu'utile, n'est propre qu'à amolir le courage, & à corrompre les mœurs. Le mauvais usage que la plûpart des beaux esprits font de leurs talens, a presque rendu honteux, en France, l'art de faire des vers; l'opinion publique n'est point favorable à ces Messieurs. C'est un préjugé, je le veux bien, mais tous les jours on travaille à lui donner toute la solidité de la raison: il ne seroit donc pas étonnant que notre noblesse, chez laquelle le point d'honneur doit diriger les pensées & les occupations, dédaignât d'employer son genie à imiter le jeune Seigneur Anglois qui a trouvé grace auprès du Philosophe V... Je suis persuadé, Monsieur, que ce jeune Anglois ne vous est pas inconnu, ce Gentilhomme doit sa naissance à l'imagination de V...,

&

& le caractere original des petits vers qu'on nous donne comme une traduction, vaut un extrait Baptistaire. Les grands Peintres n'échapent point aux fins connoisseurs comme vous, quand pour honorer leurs éleves, ils se déguiseroient sous leur nom ; le feu de leur esprit les découvre malgré eux: certains traits que vous avez apperçû dans le tableau de l'Italie vous ont bientôt découvert la main qui les a tracés : V . . . a bien senti que ce petit sacrifice ne seroit que momentané, en tout cas, la visite d'un Seigneur Anglois est un hommage assez distingué pour meriter ce leger effort de l'amour propre ; quand la Noblesse Françoise ne sera point jalouse des prerogatives du bel esprit dans ce genre, la raison n'en murmurera pas ; l'oisiveté vaut encore mieux que l'emploi de donner de belles couleurs au vice, l'occupation des Seigneurs doit être de fournir de la matiere aux Muſes, ils peuvent bien les introduire dans leur commerce, mais il faut choiſir, elles ne ſont pas toutes raiſonnables.

Le Comte de Rocheſter ne pouvoit manquer de trouver dans V... un panegyriſte; l'extrait de ſa ſatyre moins contre l'homme que contre la Religion, eſt un titre digne de lui meriter ce prix; les mœurs du Comte devoient s'appuyer de pareils dogmes, & l'auteur d'Uranie devoit approuver l'un & l'autre: tout cela ſe ſuit. L'Angleterre doit être bien reconnoiſſante des ſoins que prend le Philoſophe de faire connoître ſes grands maîtres par des traits auſſi frapans.

Pour Waller, il ſe ſeroit bien

paſſé

passé de comparoître de nouveau devant Charles II. Le personnage qu'on lui fait faire n'honore pas les Muses ; & ce Symbole de la sincerité des Poëtes, doit faire tomber sur la place les Eloges & les Epîtres dédicatoires. Il est vrai que Waller avoit soixante mille livres de rente, en est-il moins coupable ? Que ne garde-t-il le silence après la mort de Cromwel, ou pourquoi déchire-t-il lui-même le tableau de flatterie qu'il avoit pris tant de plaisir à faire ? La nonchalance d'abandonner son talent eût été plus honnête ; mais jusqu'où ne conduit pas l'ambition d'être bel esprit en tout tems ?

Que Monsieur Pope est heureux d'avoir toûjours suivi les inspirations d'une Minerve sage & prudente ! Ses peintures peuvent être exposées sans crainte d'effrayer la pudeur : S'il avoit fait quelque tableau libertin, le Philosophe V .... n'auroit pas manqué de choisir celui-là comme le plus propre à son systême :

Quelle perte, de ne pouvoir esperer une traduction de ce fameux Poëme Hudibras ! son illustre Auteur n'avoit pas la vanité de vouloir plaire à la multitude, puisque la plus grosse partie de son déluge de ridicules tombe directement sur les Theologiens, que peu de monde entend : Quelle source de bons mots que la dialectique de l'école ! Quel dommage qu'il nous soit impossible d'en connoître toutes les finesses ! Pourquoi le Philosophe V... n'a-t-il pas voulu nous en traduire quelque morceau, puisque, selon son aveu, l'Auteur d'Hudibras a saisi tous les

les ridicules du genre humain? Il doit s'y trouver plusieurs endroits de notre ressort. Si tout Commentateur de bons mots est un sot, que doit-on penser d'un Auteur qui ne peut-être entendu sans Commentaire, même par ses contemporains? C'est un homme qui veut peu de lecteurs, ou qui les condamne à la nécessité de faire usage des sots : en pareil cas on abandonne un Ecrivain de ce caractere, on le laisse tranquille au milieu des tenebres dont il a voulu être environné. On ne porte point d'envie à ceux qui, comme le Philosophe V. en connoissent toutes les beautés.

Entende qui voudra l'ingenieux Docteur Swich, l'allegorie est sa figure favorite; mais on a souvent lieu d'être fâché d'avoir découvert ce qu'elle renferme. Rabelais a bien fait d'abandonner

ner le bon ſens, & de ſe livrer au ſtyle enjoüé; c'eſt peut-être ce qu'il y a de meilleur dans ſon livre, que cette eſpece d'yvreſſe que le Philoſophe lui reproche; des ſottiſes dites de ſang froid ſont bien inſupportables: voilà la grande difference de Swich & de Rabelais, quoiqu'en diſe ſon Panegyriſte: Finiſſons, je vous prie, Monſieur, par une queſtion incidente. Celui qui a pu dire au Philoſophe, que Malbouroug étoit un poltron, & autres extravagances, étoit-il plus impertinent que celui qui le repete? J'attends votre déciſion, & ne vous conſeille pas ſur la foi de V... de prendre les Philoſophes Anglois pour précepteurs, en ſuppoſant qu'il ſoit leur éleve. Je ſuis, Monſieur, &c.

Sur la vingt-troisiéme Lettre.

ESt-il vrai, Monsieur, que vous avez déja fait votre marché avec M. Rigaud pour orner votre Cabinet du Portrait du Philosophe, & que jusqu'ici la modestie de V... s'y est opposée? Qui l'auroit pensé après ce qu'il nous dit sur la consideration qu'on doit aux Gens de Lettres? Je me flate que quelque jour, nous le verrons Plenipotentiaire ou Intendant de nos Monnoyes, du moins il ne trouvera pas le même obstacle que M. Poppe. On m'a assûré qu'il ne devoit pas lui envier les deux cens mille livres de sa traduction d'Homere, pour des raisons que vous sçavez. Personne n'entend mieux que lui, l'art de multiplier les Editions & les Acheteurs. Je suis tout de bon fâché qu'il se presse

presse de nous donner des idées sur les honneurs funebres que nous lui rendrons ; l'usage n'est pas encore établi de mettre à S. Denys les Heros de notre Parnasse ; la France, sans doute, s'honoreroit elle-même en lui décernant cet honneur ; cependant comme elle ne me paroît pas encore disposée à si bien penser, je crois que le Philosophe ne feroit pas mal de se faire naturaliser Anglois, la chose est déja fort avancée ; que l'ombre de Mademoiselle Ofils triompheroit de voir auprès d'elle, le plus zelé des défenseurs de son Art ! Le voisinage de cette Actrice feroit la gloire du Philosophe. Que de feu ! Que de vehemence dans son apologie pour le Théatre! Il n'est dogmatique que sur cet article : ici l'esprit de tolerance l'abandonne, il voudroit

voir

voir les oreilles coupées à tous ses contradicteurs ; il fait intervenir temerairement les noms respectables de nos Rois : mais la religion de ces Princes ne leur permettra jamais de donner des Arrêts, ni des Edits de l'espece de ceux de la Chambre Etoilée. Je ne m'engagerai pas, Monsieur, dans un point de morale aussi répeté que celui-là, l'entreprise seroit toujours glorieuse, quand même on ne convertiroit personne: un grand Prince l'a fait autrefois ; ce trait d'histoire seul devoit imposer à V.... mais les opinions de ce Philosophe ne respectent rien. Je suis, Monsieur, &c.

Sur la vingt-quatriéme Lettre.

LA lettre sur les Academies est pleine de sens & de raison. Quand le Philosophe parlera de

la

la sorte il aura toûjours des partisans. Le goût de critique qu'on y voit regner est de la bonne espece : il est cependant injuste d'insulter à la mémoire des premiers Académiciens françois, & de mettre sur leur compte, l'instabilité de la Langue. Le terme d'*opprobre de la Nation*, n'est dû qu'à la corruption des mœurs, & non à l'ignorance. On peut avec de l'imagination & de la pureté dans le langage, mériter ce terme à plus juste titre.

Sur les Pensées de M. Pascal.

CE bel esprit prétendu philosophe, après avoir semé ses doutes & ses phrases ironiques sur les plus respectables Mysteres de notre Religion, ne se croiroit pas satisfait, s'il n'avoit tenté de jetter du ridicule sur ses plus zélés défenseurs ; en cela je le trouve conſequent : Voyons ſi cet eſprit univerſel, ce Logicien par excellence, mérite le petit air de triomphe dont ſon ſtyle leger ſe reſſent par tout.

M. Paſcal, s'il en faut croire V... n'eſt qu'un Methaphiſicien barbare qui ſe plaît à peupler le monde de miſerables; & V... dont l'imagination s'égaye à créer des images riantes, oſe nous en faire un agréable tableau.

Le premier peint d'après la Religion, le ſecond peint d'après ſes paſſions : lequel des deux doit l'emporter dans une matiere auſſi ſérieuſe que celle dont il s'agit ? M. Paſcal établit le péché originel pour principe des miſeres humaines. V... avec ſa légereté ordinaire, n'en va pas chercher la cauſe ſi loin; il la trouve dans la Nature telle que Dieu l'a formée; rien ne l'arrête

rête, & ce Phenix des Philosophes passe avec une rapidité qui m'étonne, les plus grandes difficultés; il ne s'embarrasse de rien. Que son systême, de deux mots, fasse Dieu l'auteur immediat du péché, ce sont des obstacles pour les génies du second ordre; & pour peu qu'on le pressât sur cette matiere, il est prêt à vous prouver, avec sa logique ordinoire, qu'il n'y a ni vices ni vertus. Les androgines de Platon & la boëte de Pandore lui paroissent suffisantes pour expliquer les plus importantes difficultés; la Fable, l'Histoire sacrée & prophane, tout est égal à l'œil du Philosophe. Qui dit Philosophe, selon la conception de V... dit l'antipode de la raison; ils sont comme deux lignes parallelles qui ne peuvent jamais se toucher. Que penser d'abord du caractere d'un homme, qui affectant par tout de subordonner la qualité de Prophete à celle de Philosophe, ose cependant le devenir contre son penchant déclaré ? V... Prophete vous surprend ; il est vrai que sa prophetie tombe sur une chose que nous ne serons jamais à portée de juger ; il y a beaucoup d'adresses à en faire de pareilles, la voilà.

Le Livre, dit V.... que meditoit M. Pascal n'auroit jamais été qu'un recüeil de paralogismes. Ce Prophete a donc present à l'esprit tous les argumens, toutes les pensées qu'auroit employé M. Pascal. Ce genre de prophetie qui annonce les operations de l'esprit avant même qu'elles soient formées, me paroît bien plus rare & plus sublime que celui qui fait prédire la destruction du Royaume ; car la pénétration humaine trouve plus de prise sur l'effet des passions des hommes, que sur l'intellectuel. Mais pourra répondre quelque défenseur de l'opinion de V.: c'est de l'ouvrage commencé, que le Philosophe tire ses conséquences, il suffit pour cela d'être Logicien, sans être Prophete. Non, Monsieur, V.... ne peut s'appliquer cette réponse; car il nous assure qu'il ne doutoit pas que M. Pascal n'eût rectifié ses pensées : il ne peut donc connoître que par esprit prophétique que tous ses efforts eussent été inutiles à la cause qu'il vouloit défendre.

Je n'ai pas dessein de grossir cet ouvrage aux dépens d'autrui. Je sçai, Monsieur, que rien ne l'honoreroit tant, que le recüeil des pensées de M. Pascal; mais j'ai la brieveté en recommendation,

dation. Lisez-les donc, s'il vous plaît, dans le Livre ; & suivez mes remarques : Voyez d'abord comme le Philosophe combat la premiere, par le scandaleux parallelle du péché originel & de la boëte de pandore. Ce prophanateur des vérités que nous redoutons s'avise de se faire ensuite l'apologiste de la simplicité chrétienne, & confond cette vertu avec la stupidité ; c'est ici, Monsieur, un de ces endroits, où lorsque la bonne philosophie le presse, il affecte d'être Théologien, & même Prédicateur. Je pourrois bien plus à propos en user avec lui, comme il a fait avec son Quaker, & me taire après avoir dit : Que répondre à un homme dont le premier principe est la Fable ? Mais cette maniere de conclure est trop séche ; ce n'est pas pour lui que je parle :

Entrons donc dans le détail de la premiere pensée de M. Pascal.

Quel est le premier objet de ce grand homme? Quelle espece de gens veut-il persuader? Il en veut précisement à ces hommes superbes de leur raison, qui croiroient la dégrader s'ils la soumettoient à l'autorité divine; il tire ses argumens de la forme de leurs objections ordinaires; il cherche la source de nos miseres & de notre grandeur, & prétend que la Religion qui peut satisfaire sur ces deux points, est la seule véritable. Que V... nous montre une maniere de proceder plus solide sans nous renvoyer à des vertus dont il ne connoît que le nom: La Religion, dit-il, n'en demeurera pas moins vraye, quand l'esprit humain ne tireroit pas en sa faveur des consequences aussi ingenieuses. Il est certain

tain que les vérités de la Religion, ainsi que toutes les autres, sont indépendantes de nos raisonnemens; elles subsistent par leur essence; mais il s'agit ici des moyens de nous en convaincre, & c'est le projet de M. Pascal. Il parcourt à ce dessein, les opinions des Philosophes, & nous fait voir qu'aucune n'a répondu à notre état: Il démontre que le souverain bien des Stoïciens avoit la même impuissance contre notre présomption, que celui des Epicuriens contre nos concupiscences. Que répond à cela V...? Que ce n'est pas de quoi il s'agit: Les Philosophes, nous assure-t-il, n'ont jamais enseigné de Religion, cela est de l'essence de la Philosophie, je le crois; mais ils ont soutenu des sentimens sur l'existence de Dieu, sur la nature de l'ame, & sur la

morale

morale, il paroît que ces choses sont tellement liées à ce qu'on appelle Religion, que le combat de leurs erreurs sur ces articles, prépare des triomphes à la verité. La Logique du Philosophe V.... en juge autrement: ce n'est pas Aristote, ajoute-t-il, qu'il faut confondre, c'est Mahomet. Ce n'est pas Aristote seul que M. Pascal s'est proposé de combattre, ce sont tous les hommes que de faux raisonnemens séduisent; il en vouloit particulierement à cet esprit philosophique, d'autant plus dangereux à la Religion qu'il affecte beaucoup d'indifference. V... n'approuve pas ce dessein; vous devinez bien pourquoi: Supposons, Monsieur, que dans un Etat, il y eût une petite partie de sujets qui sans reconnoître aucun code politique, se donnât continuellenuellement la liberté de trouver des sophiſmes & de prétenduës contradictions dans les Ordonnances du Monarque ; penſez-vous que ce Monarque ſe contentât de leurs excuſes, s'ils diſoient : nous n'avons point de code politique, jamais nous n'en avons fait, & nous n'en reconnoiſſons aucun ; peu de perſonnes ſont en état de lire nos écrits, quoique ſouvent en langue vulgaire ; ils ne peuvent être le principe d'aucun déſordre ; il eſt vrai que nous prenons un grand plaiſir à contredire toutes vos Loix & ceux qui en ſoutiennent la ſageſſe, nous uſons en cela de notre raiſon & de notre liberté, & nous ne penſons pas que vous puiſſiez le trouver mauvais : De pareils ſujets à votre avis, Monſieur, ſeroient-ils écoutés favorablement, & un Monarque

Monarque prudent n'en purgeroit-il pas ſon Etat ? Je vous laiſſe à faire l'application ; paſſons, je vous prie, Monſieur, à la remarque du Philoſophe ſur la troiſiéme penſée.

M. Paſcal ſoutient que ſans le dogme du péché originel, l'homme ſeroit inconcevable. V... à qui cet argument ne plaît pas, fait une définition de l'homme, qui lui paroît ſi ſimple & ſi claire, que les voiles épais de cette énigme ſont ſubitement enlevés. Remarquez, Monſieur, deux traits de ce tableau ſuffiront pour vous prouver juſqu'à quel point le Philoſophe eſt propre à diſſiper les ombres. V... attribuë la juſteſſe ou la fauſſeté de nos idées à la forme de nos organes, il aſſure que nous dépendons en tout de l'air qui nous environne & des alimens que nous prenons, il il ajoûte que l'homme est superieur aux animaux auquel il ressemble par les organnes, & inferieur à d'autres Etres ausquels il ressembleprobablement par la pensée; ensuite il convient qu'il est pourvu de passions pour agir, & de raison pour gouverner ses actions. Peut-on rassembler plus de contradictions en si peu de mots? Je défie le sphinx le plus subtil, de composer une énigme plus obscure: Qu'est-ce donc dans le Systême de V... que cette raison qui doit nous gouverner, lorsque nous dépendons en tout de l'air qui nous environne? Ce sera donc l'air lui-même: N'est-ce point une excuse qu'il prepare à ses égaremens? Où ne conduit point un principe si prodigieux, & de quoi n'est pas capable la présomption conduite par une si étrange philosophie?

La bonne foi de V … va vous paroître dans tout ſon jour au ſujet de la quatriéme penſée. M. Paſcal étonné des contradictions qui ſe trouvent dans l'homme, regarde comme un phénomene tant de contrarietés dans un être auſſi ſimple. V … que rien ne ſurprend, nous donne pour comparaiſon les differentes agitations d'un animal careſſé par ſon maître, ou du même qu'on égorge lentement, comme ſi le point de la difficulté eût été celui de l'homme en des circonſtances ſi oppoſées; il s'agit de répondre aux inegalités d'eſprit que nous éprouvons ſans aucune variation phyſique dont on puiſſe prouver le rapport.

Il faut avoüer, Monſieur, que notre Philoſophe eſt difficile à contenter; les preuves metaphiſiques lui déplaiſent, les fa-

millieres

milieres le dégoutent; lisez ce qu'il répond au sujet de la cinquiéme pensée dans laquelle M. Pascal établit d'une maniere sensible la nécessité d'admettre un Dieu par le danger évident de ne le pas croire : le doute en pareil cas, est égal à la négation, & cela est vrai pour les consequences; c'est de quoi il s'agit; l'interêt qu'on a de croire une chose ne fait pas, je l'avouë, une démonstration de son existence; mais il en fait une d'y donner notre consentement lorsque l'alternative est aussi grave, sans quoi nous nous exposons follement aux funestes inconveniens attachés à l'incrédulité. L'existence de Dieu est censé prouvée par d'autres argumens. Ici le dessein de M. Pascal est de détruire par le plus grand des interêts, les obstacles que nos pasſions oppoſent à cette lumiere univerſelle qui nous prêche le Créateur de l'Univers. Ce que le Philoſophe hazarde témerairement contre la prédeſtination, ne fait qu'augmenter la force de l'argument de M. Paſcal : ne dût-il y avoir qu'un homme de ſauvé, il ſeroit encore raiſonnable de tâcher d'être celui-là: Peignez à V... un Dieu favorable à ſes paſſions, il vous promet d'y croire, on entend toute la force de cet engagement.

En bonne-foi, Monſieur, je n'ai pas le courage de ſuivre le Philoſophe ; ce qu'il répond à la ſixieme penſée, eſt ſi inſipide, ſi déplacé, ſi peu meſuré, qu'on craint avec raiſon la plus legere empreinte de ſon ſtyle ; liſez vous-même, & jugez. Il ne veut pas qu'on lui inſpire une ſainte horreur de ſon être, & il ne ſent point

point que ſes comparaiſons en cauſent de ſcandaleuſes à tous ſes lecteurs ; les libertins mêmes en ſont offenſés : Ne diroit-on pas que M. Paſcal étoit le maître de ſon deſſein & de ſes couleurs pour peindre les hommes, & qu'à la façon de V... il n'étoit aſſujetti à d'autres loix qu'à celles de ſon imagination ? Il a dépeint Dieu tel qu'il ſe peint lui-même ; un Dieu de miſericorde & de juſtice : ce ſont de ces deux attributs que doivent naître l'eſperance & la crainte ; il a peint les hommes relativement à la religion, & non pas aux ſenſations.

Vous vous trompiez, Monſieur, lorſque vous avez cru ſur la foi de l'écriture & de la tradition, que le peuple Juif étoit un peuple ſeparé des autres Nations, par le choix que Dieu en avoit voulu faire pour y operer ſes merveilles ; rien n'eſt plus ſimple que tout ce qui lui eſt arrivé, qu'il ſoit le conſervateur des livres mêmes qui contiennent ſa honte, & ſa réprobation ; c'eſt un effet de ſon orgüeil & non de ſa ſincerité admirable : qu'il ſoit aujourd'hui diſperſé ſur la terre, ſelon les prédictions, c'eſt l'effet de ſa deteſtable politique, & de ſon ignorance dans les Arts. Le Philoſophe n'y voit rien de merveilleux, c'eſt ainſi qu'il oſe décider. Et de quel droit cette Philoſophie qui affecte de ne vouloir rien avoir de commun avec les choſes ſacrées, s'aviſe-t-elle de les prophaner? Que ne ſe contente-t'elle de calculer les atômes d'Epicure, ſans vouloir apporter ſes fauſſes lueurs ſur des verités que nous reſpectons : Eſt-ce là

cette

cette soumission à la foi que V...
affecte de nous prêcher ? Quest-ce que la foi qui rejette, ou détourne le sens des Ecritures ? Que pensez-vous, Monsieur, de cette belle comparaison des batailles d'Hochstet & de Ramillies avec le sermon en deux façons sur ce sujet ? Je suis certain, qu'en bon françois, vous ne vous laisseriez pas séduire par l'éloquence de cet Orateur, & que s'il ne dépendoit que de vous, vous enleveriez volontiers à l'Histoire toutes les preuves de ces malheureux évenemens ; à plus forte raison enleveriez-vous les preuves de nos trahisons & de nos ingratitudes, si nos peres en avoient été capables.

Voulez-vous voir, Monsieur, de la pure chicane de l'école, c'est la remarque critique sur la dixiéme pensée. M. Pascal dit simple-

ſimplement, s'il y a un Dieu, il ne faut aimer que lui, & non les créatures. Il eſt ici queſtion d'un amour d'ordre & de préference. V... ſaiſit la propoſition avec avidité, ſans diſtinction; il craint que ce prétendu triomphe ne lui échappe: remarquez, je vous prie, comme il ne peut pas produire une verité ſans une erreur qui l'accompagne, il établit, que nous devons aimer notre pere, nos enfans, &c. Perſonne ne le diſpute; mais il ajoûte que Dieu nous les fait aimer par force: Quel homme qu'un Philoſophe de cette eſpece!

Je craindrois, Monſieur, de vous révolter ſi je continuois, & vous me trouvez bien ſimple de vous expoſer toutes les temerités de cet eſprit libertin; vous les avez apperçuës comme moi; tous les Chrétiens inſtruits le feront ſeront de même ; ceux qui par état ont le bonheur d'être ſimplement dociles à la voix de l'Egliſe, & n'oſent dans ces matieres ſe ſervir de leur raiſon, crainte de ſe ſervir de leur orgüeil, ignoreront ces blaſphêmes. J'aurois cependant regret de n'avoir rien dit au ſujet de ſa réflexion ſur Montagne. M. Paſcal condamne les ſales expreſſions de cet Auteur, & ſes ſentimens ſur l'homicide volontaire. V. ſe rend l'apologiſte de tout par les loix de ſa Philoſophie. Queſt-ce donc qu'un Philoſophe ſelon V. C'eſt un eſpece de monſtre dans la ſocieté qui ne doit rien aux mœurs, aux bienſéances, à la politique, & à la religion ; il faut s'attendre à tout de la part de ces Meſſieurs-là. Il eſt donc philoſophiquement permis de ſe tuer ; mais comme chrétiennement cela nous est défendu, & que selon la raison, la Religion doit l'emporter sur la Philosophie ; la question est ridicule & vaine : en ce point, suivons plûtôt la pratique de V... que ses leçons. Je suis, Monsieur, &c.

FIN.

www.ingramcontent.com/pod-product-compliance
Ingram Content Group UK Ltd.
Pitfield, Milton Keynes, MK11 3LW, UK
UKHW021615260726
13994UKWH00003B/1023

9 782329 215914